EGYPT
ARABIA
NUBIA
RED SEA
N
W
O
S
ABYSSINIA

Die Deutsche Bibliothek - CIP-Einheitsaufnahme
Jurij Koch
»Abessinka, wo bist du?«
Lychatz Verlag, Leipzig 2016
ISBN 978-3-942929-40-0

1. Auflage

Satz: winterwork, Borsdorf
Illustrationen: Thomas Leibe
Einbandkonzeption: Thomas Leibe
Druck und Bindung: winterwork, Borsdorf
www.lychatz.com

Jurij Koch

Abessinka, wo bist du?

Eine Detektivgeschichte
mit Bildern von Thomas Leibe

Lychatz Verlag

Jurij Koch

Abessinka, wo bist du?

Abessinka, wo bist du?

Der Bach, an dem Golo angelt, ist ein Bächlein. Immerhin so tief und breit, dass darin Fische leben können. Kleine Fische wie Barsche und Plötzen. Manchmal gerät die Pose in Bewegung. Dann greift Golo zur Angelrute. Egal, ob sich die Pose gleich wieder beruhigt. Eine Anglerweisheit lautet: In Bereitschaft sein ist alles. Manchmal setzt sich eine Libelle auf die Pose. Eine Adonis oder Mosaikjungfer. Zu warten, bis die Pose zu hüpfen beginnt, weil sich unterm Wasser ein Fisch für den Regenwurm am Haken interessiert, ist für ihn eine – wie soll man sagen – Ersatzfreude. Um ehrlich zu sein: Lieber würde Golo gemeinsam mit seinem Freund Logo einen Fall klären.

Golo und Logo nennen sich nämlich Kriminalisten. Immer auf der Suche nach einem Fall. Der aufgeklärt werden will. Golo und Logo haben schon eine Menge rätselhafter Vorfälle enträtselt. Weil Logo logisch denken kann und Golo mit seinem Dickkopf mutig durch Dick und Dünn marschiert. Zum Beispiel haben sie den nächtlichen Einbruch ins Feuerwehrhaus im Handumdrehen aufgehellt. Ehe sich der Dorfpolizist Alfons Melder ausgetrödelt hatte. Ganz allgemein: Wenn im Dorf eine mittlere Schweinerei passiert, von der man nicht weiß, welches Ferkel sie verursacht hat, bittet man Golo und Logo um Aufklärung.

In letzter Zeit ist es langweilig im Dorf. Mau. Weil nichts Aufregendes passiert. Golo und Logo wissen nicht, womit sie sich nach der Schule die Zeit vertreiben könnten.

Zum Angler Golo tritt nun Freund Logo und sieht die Libelle auf der Pose. Die Pose hoppelt. Taucht sogar ab, so dass sich Golo

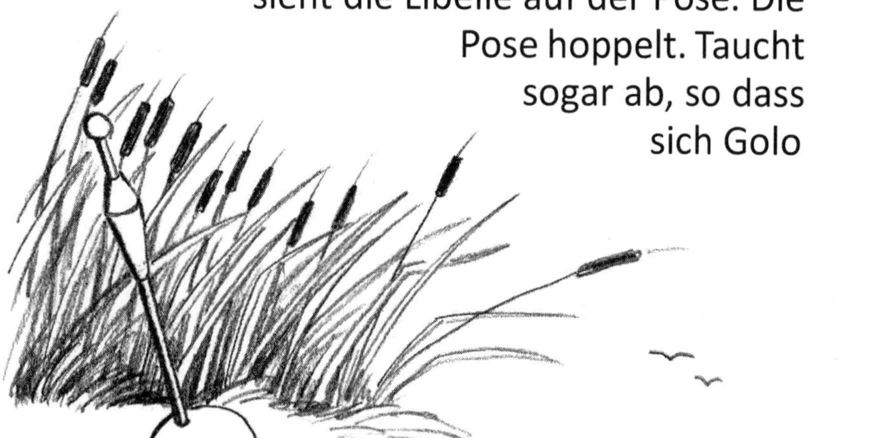

hastig erhebt. Er zieht den Regenwurm aus dem Wasser. Am Haken zappelt ein Fisch. Aber ein untermaßiger. Den man vorschriftsmäßig wieder in den Bach zurückwerfen soll. Macht Golo auch. Und Logo sagt, was er bei solchen Gelegenheiten immer sagt: „Ist der erste Fisch ein Barsch, ist der Angeltag im Arsch." Ist er aber nicht.
Denn genau in dem Augenblick hören Golo und Logo Stimmen. Ein zunächst unverständliches Stimmengewirr. Das sich nähert. Als käme ein Schwarm Heuschrecken auf sie zu geflogen. Dann kann man eine Stimme heraushören. Sie ruft: „Eine Oma ist verschwunden. Unsere Oma Abessinka ..." Und ein Chor verschiedener Stimmen wiederholt, dass eine Oma, die Abessinka heißt, verschollen ist.
Es sind drei, vier schwer atmende Angestellte

des Seniorenheims. Das Altenwohnheim steht außerhalb des Dorfes. Auf einer Anhöhe am Waldrand. Es ist das ehemalige Schloss des Grafen von Wackerbart, der als „Wackelbart“ in die Erzählung eines hiesigen Schriftstellers eingegangen ist. Und aus der Erzählung heraus zuschaut, wie aus seinem Schloss ein nützliches Heim für alte Menschen geworden ist.

Die Gruppe des aufgeregten Heimpersonals bleibt ruckartig vor Golo und Logo stehen. Man kennt sich. Seit dem Fall nämlich, als die beiden Kriminalisten herausgefunden hatten, dass die goldenen Ersatzzähne der Oma Abessinka nicht – wie von ihr behauptet – gestohlen, sondern in die Ritze ihres Sessels gerutscht waren. Wie alte Menschen oft etwas felsenfest behaupten, was sich bald als Kinker-

litzchen herausstellt. Nun fehlt nicht nur das vergoldete Gebiss der Oma Abessinka, sondern die ganze Oma. Eine ganze Oma kann aber auf keinen Fall in der Ritze eines Sessels verschwinden. Logo! Und ist deshalb auch kein Kinkerlitzchen.

Die Wäschefrau des Heims, die als erste wieder sprechen kann, sagt: „Ihr seid unsere Rettung! Helft uns, Oma Abessinka zu finden! Bevor wir den Vorfall Polizist Melder melden müssen."

Golo fragt: „Seit wann ist sie weg?"

Die Wäschefrau, der sich Federflaum vom vielen Bettschütteln im Haar verfangen hat, sagt: „Seit zwei Stunden. Ist nicht zum Kaffeetrinken erschienen."

Logo fragt: „Gab es wieder euren harten Kuchen?"

Köchin Else, die immer noch ihr obstbuntes

Wischtuch um den Bauch gebunden hat, fragt zurück: „Was hat unser Kuchen mit dem Fall zu tun?“
Golo antwortet: „Vielleicht wollte die Oma mal frischen Obstkuchen essen, den sie beißen kann. Und ist zum Bäcker gegangen.“
Hausmeister Max, der sich freut, wenn man ihn Boxer nennt, steht mit verschränkten Armen da. Max ist für alle Reparaturarbeiten im Heim zuständig. Er kann Leute, die sich in ihren Zimmern eingeschlossen und den Schlüssel nicht abgezogen haben, mit ein paar Handgriffen befreien. Glühlampen wechseln, ohne den Strom abzuschalten. Omas aus Badewannen heben. Opas mitsamt Bett und Rollator zum Essen tragen.

Max hat soeben laut gelacht, als Golo gesagt hat, dass die Oma vielleicht

beim Bäcker Pflaumenkuchen isst. Während das ganze Heim in der Gegend unterwegs ist, um sie zu suchen.
Inzwischen ist der alte Worreschk zu den Aufgeregten gestoßen. Worreschk ist der älteste Bewohner des Seniorenheims. Seine Beine sind kurz und langsam. Dafür die Ohren groß und lauschstark. Groß wie Rhabarberblätter. Mit denen hört er alles. Selbst im Schlaf. Wie Golo und Logo bald erfahren werden.
„Sie ist nicht beim Bäcker“, sagt Worreschk jetzt erst einmal. „Bis zum Bäcker rollt sie nicht. Ihr Rollator ist auch weg.“
Nun wissen alle, dass Oma Abessinka nicht beim Bäcker ist. Sich aber mit ihrem vierrädrigen Gefährt auf den Weg begeben hat.
„Aber wohin?“, fragen sich alle gleichzeitig. Die Wäschefrau rennt

in den oberen Teil des Dorfes, um im Oberdorf nach Oma Abessinka zu suchen. Die Köchin rennt in den unteren Teil, um im Unterdorf die Leute zu fragen, ob sie vielleicht an ihnen vorbeigerollt ist.

Hausmeister Max geht zurück ins Heim. Gemächlichen Schritts.

Logo und Golo fragen sich, ob Oma Abessinka tatsächlich – mir nichts, dir nichts – davongefahren ist. Aus freien Stücken. Ohne jemandem zu sagen: Ich bin dann mal weg. Könnte es nicht auch sein, dass sie …? Zunächst aber wollen sie ihre Befürchtung nicht zu Ende fürchten.

Der alte Worreschk steht noch da. Ihm ist anzusehen, dass er in Gedanken versunken ist. Golo will ihn gerade fragen, worüber er nachdenkt. Da sagt er schon, dass sich unlängst jemand, abends zu später Stunde, an Oma

Abessinkas Rollator zu schaffen gemacht hat. Den sie vor der Tür ihres Zimmers abstellt. „Nachts?“ Logos Nachfrage ist berechtigt. Vielleicht hat er geträumt, wie sich jemand an dem Rollator der Oma zu schaffen gemacht hat. „Nein!“, protestiert der Alte laut. Ihm röten sich die Ohren. Er habe an dem besagten Abend etwas quietschen gehört. Als er vorsichtig die Tür seines Zimmers geöffnet habe, um nachzuschauen, ob im Flur Mäuse spielen, sei ein Fuß um die Ecke verschwunden. Der Fuß eines Menschen. Vorsichtigen Schritts. In den linken Nebenflur.
Golo und Logo wollen gerade fragen, ob ihm an dem Fuß etwas aufgefallen ist. Und was mit „vorsichtigen Schritts“ gemeint war. Weil aber Worreschks Ohren wie Parabolspiegel einer Abhörzentrale hören, hat er die

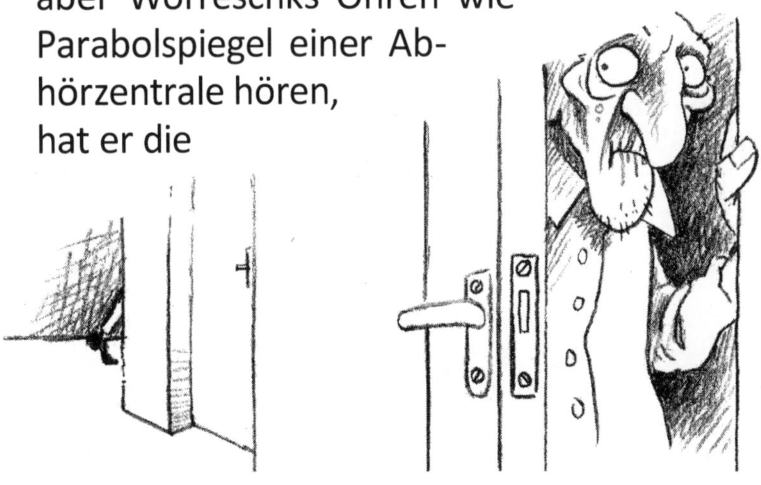

zusätzliche Nachfrage empfangen, bevor sie gefragt werden konnte. Worreschk murmelt, dass jemand abgehauen sei. Auffällig unauffällig eben. Und ob der Fuß einen Schuh angehabt habe oder einen Pantoffel, könne er nicht sagen. Abends und nachts brennt auf dem Flur ein fahles Notlicht. Außerdem sei ein Gewitter im Anzug gewesen. Mit Blitz und Donner.
Golo rollt die Angelschnur ein. Die Libelle springt von der Pose. Logo macht auch einen Sprung. Immer, wenn Logo etwas Logisches einfällt, springt er ein paar Zentimeter in die Luft. Nun ist für ihn logisch, dass sie einem neuen Fall auf der Spur sind. Die beiden Kriminalisten begleiten den alten Worreschk zurück ins Heim. Vor der Tür steht der Leiter des Seniorenheims. Herr Goldgruber, der auch Goldi genannt wird, lächelt zufrieden.

„Hat sich aufgeklärt“, sagt er. „Ihr könnt wieder angeln gehen. Und Herr Worreschk auf sein Zimmer. Oma Abessinka ist zu ihrer Enkelin gefahren.“
Golo ist enttäuscht. Dass sich der neue Fall, kaum dass er angefangen hat, ein Fall zu sein, als Nichtfall herausstellt. Für Logo ist es logisch, dass Omas gern ihre Enkelinnen und Enkel besuchen. Erst recht, wenn es sich um gute Enkelinnen und Enkel handelt. Was in diesem Fall der Fall ist. Oma Abessinkas Sohn hat eine schöne Frau aus Äthiopien geheiratet. Deren Tochter heißt Machbuba. Ist braun wie Milchschokolade. Mit lakritzeschwarzem Haar. Die ganze Enkelin duftet nach Süßholzsaft. Einmal ist Machbuba im Dorf zu Besuch gewesen. Da sind die Leute zusammengelaufen, als wär ein Engel vom Himmel gefallen.

Heimleiter Goldgruber hat sich zur Tür gedreht und will ins Heim. Golo fragt, woher er das weiß, dass Oma Abessinka zur Enkelin Machbuba gefahren ist.
Goldgruber antwortet ungern. Sagt aber, dass er es von ihr selbst hat. Weil die beiden Jungen ohnehin danach gefragt hätten, setzt er schnell hinzu: „Natürlich schriftlich!“
Von Goldgruber sagen die Heimbewohner, dass er Gedanken lesen kann. Jetzt liest er in Golos Kopf eine Zusatzfrage. Nämlich, ob sie Oma Abessinkas Schriebs mal sehen könnten.
„Nein, könnt ihr nicht“, sagt Goldgruber, bevor Golo fragen kann. „Alles hat seine Richtigkeit. Könnt ihr mir glauben.“
Kriminalisten dürfen niemals alles glauben, was man ihnen sagt.

Hat Goldgruber, der ab jetzt nur noch Goldi heißt, gelogen? Oder hat Goldi nicht gelogen? Im Fall, dass Oma Abessinka auf einen Zettel geschrieben hat, dass sie ... und so weiter, ist der Fall für Golo und Logo erledigt. Wenn nicht, dann ...
Ja, was dann?

Golo und Logo haben sich einen Plan ausgedacht. Einen waghalsigen sogar.
Sie sitzen im Gras vor dem Seniorenheim. Von hier aus können sie sehen, wie sich Goldi den Sturzhelm aufsetzt und auf seiner Kawasaki davonrauscht. Mit mächtigem Gebrumm aus dem Heim nach Hause. Feierabend.
„Es läuft ja wie geschmiert“, sagt Golo. „Ich mach mich auf die Socken. Warte auf mein Signal!“
Logo nickt.

Er will „klar“ sagen. Aber das Wort bleibt in seinem trockenen Hals kleben. Den ersten Teil des Plans muss sein Kollege Golo allein ausführen. Logo wird später hinzustoßen.
Bis zur Tür des Heims schlendert Golo. Er geht so vor sich hin. Die Hände in der Hose. Als wollte ein Junge im Heim seinen Uropa besuchen. Oder eine andere anverwandte Person. Auf den Fluren des Hauses muss er allerdings unsichtbar bleiben. Möglichst. Fürs Personal.
Sollte ihn jemand fragen, zu wem er wolle, könnte er nicht antworten, er wolle Oma Abessinka besuchen. Von der inzwischen jeder weiß, dass sie davongetourt ist.
Im zweiten Stock ist eine Wäsche- und Besenkammer. Türlos. Ein mit einem Vorhang verschlossenes Kabuff. In ihm versteckt sich Golo. Durch einen Spalt

kann er den ganzen Flur beobachten. Und sehen, wenn die Wäsche- und Reinigungsfrau auftaucht. Mit ihrem Reinigungswagen. Mit dem sie ihre Besen und Bürsten und Sprühdosen transportiert. Vom alten Worreschk haben sich Golo und Logo Einzelheiten der Reinigungsfahrten schildern lassen. Aber ihm nicht verraten, warum sie es wissen wollten. Der Reinigungswagen der Marke „Equipe" hat vorn einen Zusatzkasten. Für Austauschwäsche. Das Internet-Bild zeigt, dass der Behälter groß genug ist. Wie ein hochkant gestellter Koffer mit Reißverschluss. Darin kann man sich verstecken.

Die Wäschefrau biegt um die Ecke. Der „Equipe" bleibt genau vor Golo stehen. Er hofft, dass die Frau nicht den Vorhang zur Seite schiebt. Um verschmutzte Wäsche abzuladen.

Oder so was. Sie würde vor Schreck … Macht sie nicht. Sie klopft an die Tür des benachbarten Zimmers. Und verschwindet darin. Nun kann sich Golo im Kasten des Reinigungswagens verstecken. Hastewaskannste! Er ratscht den Reißverschluss zu. Und wartet. Und schnappt nach Luft. Die Wäschefrau fährt zum nächsten Zimmer. In dem Opa Worreschk wohnt. Sie klopft an die Tür. Von innen hört sie Opa Worreschk rufen: „Ich schlafe." Deshalb fährt sie zum nächsten Zimmer. Auf halber Strecke bremst sie scharf. Golo bekommt in seinem Kasten Schluckauf. Dass er die Luft anhalten muss. Dann endlich! Der „Equipe" hält vor Goldis Büro. Mit dem Universalschlüssel kann die Raumpflegerin alle Zimmer öffnen. Auch den Amtsraum des Heimleiters Goldi. Golo rollt im Reinigungswagen – zwischen Bettlaken

und Handtüchern sitzend – in Goldis Heiligtum. Golo greift vorsichtig nach seinem Handy. Eine Nachricht fliegt hinaus zu Logo. Der am Birkenwald im Gras sitzt. Wie vereinbart soll Logo nun die Nummer des Telefonapparates auf dem Flur des Heimes wählen. Macht Kollege Logo auch. Der Apparat auf dem Flur vor Goldis Büro klingelt und drängelt. Bis die Putzfrau verärgert „Herrje!“ sagt. Und hinaus auf den Flur eilt. Wo sie ein paarmal in die Telefonmuschel schimpft. Dass sich der Anrufer endlich melden soll. Macht er aber nicht. Genervt hängt sie den Hörer wieder ein: „Ihr könnt mich mal!“
Während des Telefongesprächs, das nicht zustande gekommen war, hatte Golo Zeit genug, sein Versteck zu verlassen. Er verschwindet im Nebenraum. Sollte die Frau

dorthin kommen, wird er ... Muss er aber nicht. Denn sie wischt nur flüchtig über den Schreibtisch, die Lampe. Leert den Papierkorb. Und schiebt ihren „Equipe" wieder aus Goldis Büro. Der Universalschlüssel schlüsselt von außen im Türschloss.
Nun kann Golo in aller Ruhe Logo anrufen: „Am Ziel. Beeil dich!"
Die Sonne ist inzwischen hinter dem Birkenwald abgesunken. Die Fensterscheibe glänzt rosa vom Abendrot. Golo öffnet das Fenster. Damit Logo sofort ins Zimmer steigen kann. Wenn er für niemanden sichtbar im Dickicht des wilden Weins die Giebelwand bezwungen hat. Und niemand hat ihn beobachtet. Hofft man jedenfalls. Logo ist angekommen.
Die beiden machen sich umgehend an die Arbeit. Das heißt an die Suche

nach einem Zettel. Gibt es einen? Gibt es keinen? Hat Oma Abessinka schriftlich mitgeteilt, dass sie zur Enkelin Machbuba gefahren ist? Nach Äthiopien. Nach Addis Abeba. Eine Oma fährt allein nach Afrika! Fährt eine Oma allein nach Afrika? Vielleicht mit dem Rollator! Über Stock und Stein in den Süden Europas. Am afrikanischen Roten Meer entlang. Durch den Sand der Nubischen Wüste ... Golo und Logo haben sich die Gegend genau angeschaut. Auf Karten. Im Internet. Und erfahren, dass Äthiopien vor vielen Jahren Abessinien geheißen hat. Und sie erinnern sich, warum Oma Abessinka Oma Abessinka heißt. Weil ihr Mann Pirat gewesen ist. Auf den Meeren vor Abessinien! Reicher als der Prinz von Abessinien. Aber toter als das Tote Meer. Nachdem ihn eine englische Pistolenkugel getroffen hatte.

Niemand weiß, was Oma Abessinka weiß. Ob es wahr ist, was man sich erzählt. Ob ihr reicher Mann seinen erbeuteten Goldschatz in der Nubischen Wüste vergraben hatte.
Gerade noch rechtzeitig. Wenn ja, wo? Bevor er blutenden Herzens vom Schiffsgeländer ins Meer gefallen war. Vielleicht hat der Sohn nach beiden gesucht. Vater und Schatz. Und dabei Machbuba gefunden. Einen Schatz, der alle Verluste aufwiegt.
Zunächst aber muss in Goldis Büro ein Zettel gefunden werden. Ein Blatt Papier. Mit Oma Abessinkas Abmeldung und von eigener Hand unterschrieben.
Golo und Logo haben schon ein paar dicke Ordner durchgeblättert. Ablage nach Ablage. Hefter nach Hefter. Und sie wieder ordentlich an ihre Plätze gestellt.

Sie suchen und drehen und wenden und lesen. Und finden nicht, was sie suchen. Und je länger der Misserfolg dauert, umso erfolgreicher fühlen sie sich. Denn: Was sie vermutet haben, scheint sich zu bestätigen: Oma Abessinka ist nicht zur Enkelin gefahren ...
„Doch, ist sie!“, sagt Golo plötzlich. Sein Finger liegt auf einem Papierblatt. Auf der Überschrift: ABMELDUNG! Und die Zeilen darunter teilen mit, dass Oma Abessinka wirklich das tut, was Golo und Logo nicht glauben wollten. Unterschrift! Datum!
„Gefälscht!“, sagt Logo. „Sie würde nicht mit dem Computer schreiben.“
„Aber ihre krakelige Unterschrift!“, widerspricht Golo. „Die genügt.“
„Kacke!“, sagt Logo. Er will nicht wahrhaben, dass sie tatsächlich einen Beweis

gefunden haben, von dem sie gehofft hatten, ihn nicht zu finden. Durch das offene Fenster hören sie das Gebrumm eines Motorrads. Eines vierzylindrigen mit angebohrtem Auspuff. Das Gebrumm nähert sich. Auf dem Parkplatz röhrt sich die Kawasaki aus.
„Goldi!“, erschrickt Logo. „Er ist zurückgekehrt. Weg! Schnell!“
Golo tut, als kümmere ihn die Rückkehr des Heimleiters wenig. Obwohl dessen Schlüssel in wenigen Augenblicken im Türschloss rascheln kann. Golo schaut sich um. Wonach sucht er noch?
„Komm!“, drängelt Logo. „Geh! Ich komme gleich.“ Als Logo wieder im Dickicht des wilden Weins an der Giebelwand hinabklettert, hat sich die Sonne schon zur Ruhe gebettet. Der Birkenwald ist ein

dunkelgrauer Streifen am Horizont. Die ganze Welt scheint sich zu verfinstern.
Logo setzt sich ins Gras und knabbert aufgeregt am Daumennagel. Wo bleibt sein Freund und Kollege?
Dessen Mut ist gut. Aber nicht in diesem Fall. Und Logo wirft einen schnellen Blick auf die Uhr. Es ist Zeit, nach Hause zu gehen. Dann aber steht Golo plötzlich vor ihm. Als wäre er vom grauen Himmel gefallen. Er ist noch ganz außer Atem.
„Als Goldi die Tür geöffnet hat, hab ich das Fenster geschlossen", sagt er.
„Was wolltest du noch?" fragt Logo.
„Ein Foto von Abessinkas Schreiben."
„Hast du es?"
„Logo!"
Sie schlendern gemütlich nach Hause.

Von den Eltern wird's Donnerwetter auf sie niederprasseln. Weil sie wieder einmal zu spät zu Hause eintrudeln. Schnurzpiepegal! Sie haben ein Dokument im Handy. Anhand dessen sie Goldi überführen werden. Des Betrugs. Der Fälschung. Aber Golo und Logo brauchen nun noch eine echte Schriftprobe von Oma Abessinka. Einen ihrer wirklichen handschriftlichen Schriebse. Ein paar Worte würden genügen. In denen ein großes M vorkommt, ein großes A, ein kleines a, dazu ein kleines b, ein kleines e, ein kleines h, ein kleines m, ein kleines n, ein kleines i, ein kleines r, ein kleines s, ein kleines k ...

Oma Abessinkas Abmeldung, von der Golo im letzten Augenblick in Goldis Büro noch eine Kopie gemacht hat, ist mit ihrem richtigen Namen „M. Abraham" unterschrieben. Hinzugekrakelt ist ihr Beiname „Abessinka".

Sie werden die Buchstaben der Unterschrift prüfen. Mit denen eines echten Schreibens, das sie noch nicht haben, vergleichen. Striche, die hier aufwärts führen, mit Strichen, die dort aufwärts führen. Wohin sie sich in der Unterschrift neigen. Wie weit wölbt sich der Bauch beim b im Namenszug dort und der Krakelei hier? Golo und Logo werden Schriftsachverständige spielen. Dokumentenprüfer. Und herausvergleichen, ob die Unterschrift gefälscht ist. Ob Oma Abessinka überhaupt nach Addis Abeba gefahren ist ... Oder ...

Woher eine echte Handschrift nehmen? Auf dem schnellsten Weg. Eine alte Ansichtskarte vielleicht, auf der die Oma jemanden aus dem Urlaub grüßt: Mir geht's gut, wie geht's dir? Das Wetter ist schön, das Essen gut ...

Oder ein anderes Papier mit ihrer Schreibweise.

In fast allen Kriminalfällen kommt an Stellen, an denen die Ermittlungen ins Stocken geraten sind, der Zufall zu Hilfe. Der berühmte Kommissar Zufall.
In diesem Fall ist es das Postauto. Ein gelber VW mit Elektromotor. Plötzlich steht es still und leise neben Golo und Logo. Im Auto sitzt Frau Stempel und sagt durch das offene Fenster: „He, ihr beiden! Ich muss zurück in die Zentrale. Bringt für mich die Post ins Seniorenheim! Bitte!"
So etwas darf Frau Stempel eigentlich nicht machen. Aber in der Not frisst der Teufel Fliegen. Man kann auch sagen: Lässt die Post andere für sich arbeiten und fährt zur Steckdose. Golo und Logo tragen einen ziemlichen Stoß Briefe zum Altenheim hinauf. Dessen Bewohner freuen sich über jeden Schriebs

wie Kinder über Gummibärchen. Vor dem Heimtor kann Logo seinen Stapel nicht mehr festhalten. Die Postsendung rutscht ihm aus der Hand und zerflattert auf dem Pflaster. Wie wenn der Herbstwind ins Laubhäufchen bläst. Golo und Logo sammeln die Nachrichten, Botschaften, Grüße eiligst wieder ein. Golo tritt entschlossen auf einen Umschlag, der sich gerade mit dem Wind davonmachen wollte. Er hebt ihn auf. Er liest die Adresse. Er liest den Absender.

„Hallihallo!“, sagt Golo. „Ein Brief von Oma Abessinka ... An Oma Abessinka ... Aus Addis Abeba.“

„Wie was wo?“, wundert sich Logo über so etwas Unlogisches. „Schreibt sie an sich selbst? Dann ist sie leider ...“ Logo fächelt die Hand vor der Stirn.

„Tatütataaa! Durchgedreht.“

„Ist sie nicht“,

widerspricht Golo.

„Es ist eine Rücksendung. Sie hat an ihre Enkelin Machbuba geschrieben. Aber in der Zewditus Street 250 in Addis Abeba wohnt keine Machbuba soundso."
Logo reißt ihm den Brief aus der Hand. Er überfliegt ebenfalls die Aufkleber der äthiopischen Post mit fremden Buchstaben. Dazu die englischen Bemerkungen, dass der Brief an die genannte Adressatin nicht „zustellbar" war. Dort nicht. Dort auch nicht. Und also zurückgeht an die Absenderin. An Oma Abessinka.
„Weißt du", fragt Logo, „was wir hier in der Hand haben?" Vor Aufregung hat er Schluckauf bekommen.
„Logo", sagt Golo. „Die Handschrift, die wir brauchen." Aber sofort ist beiden klar, dass ihnen der zugeflatterte Brief wenig nützt. Sie dürfen ihn nicht öffnen.

Sie würden ein Verbot missachten. Und zwar ein ziemlich strenges. Das Öffnen fremder Briefe ist strafbar. Sie könnten von der Schule fliegen. Und in ein Erziehungsheim kommen. Dann wäre Schluss mit Golo und Logo. Für alle Zeiten.

Sie reden hin und her. Golo zieht den Brief aus Logos Hand. Logo reißt ihn wieder an sich. Und erzählt von dem dicken Kriminalroman, den er gelesen hat. Der im alten Russland spielt. In dem es um die Frage geht, ob man ein Verbrechen begehen darf, um ein größeres Verbrechen zu verhindern.

Logo habe nicht alles verstanden. Allerdings soviel, dass man es darf. Golo und Logo seien schließlich auch einem Verbrechen auf der Spur. Um ein größeres zu verhindern. Den Brief, der im Augenblick nicht zustellbar ist – in Addis Abeba nicht,

in Deutschland nicht – werden sie öffnen. Der Inhalt der Zeilen wird nicht wichtig sein. Ausschließlich die Buchstaben. Ob deren Schreibweise mit der eines anderen Schreibens übereinstimmt. Dann werden sie den Brief wieder sauber verschließen. Und an dessen richtigen Bestimmungsort bringen. Und niemand wird etwas von ihrem Fehltritt erfahren.
An dem Abend, an dem sich Golos und Logos Eltern auf einer Versammlung einen Vortrag über Schummeleien ihrer Töchter und Söhne – zum Beispiel, wenn sie Unterschriften unter schlechten Zensuren fälschen – anhören, halten die beiden Jungen in der Küche den Brief über einen Kochtopf. Der Dampf lässt den Deckel zappeln. Die heißen Wölkchen befeuchten das Papier des Klebestreifens. Der Leim unter ihm weicht auf. Schon lässt sich der

Schließschnipsel des Umschlags Millimeter um Zentimeter öffnen. Und bleibt unbeschädigt. Golo und Logo stellen schon nach wenigen Vergleichen der Schreibweisen fest, dass Oma Abessinkas Hand viele Buchstaben in altdeutscher Schrift zu schreiben gewohnt ist. In der uralten Schrift ihrer Mutter. Und deren Mutter. In der zum Beispiel das s kein halb eingerollter Regenwurm ist, der sich vor dem Vogel fürchtet. Oma Abessinkas s ist ein feiner Strich, von oben nach unten gezogen. Eine aufrechte Gerade. Ein Soldat, der Wache steht. Alle ihre s sind stramme Soldaten. Keine Ringelschwänzchen wie in der Unterschrift der Goldischen Abmeldung. Oder nehmen wir den Bauch des kleinen b! Hier sieht es aus, als bekäme es bald ein Baby. Dort sieht es aus, als würde es bald vor Hunger sterben. Alles klar:

Der Schrieb in Goldis Aktenordner ist gefälscht. Oma Abessinka ist nicht nach Äthiopien gerollt. Wo ist sie?
Golo und Logo haben gerade noch Zeit, den Brief wieder zu verschließen, als Logos Eltern von der Versammlung heimkehren. Und vollkommen zufrieden sind, dass sie wieder etwas über Kindererziehung hinzugelernt haben.

Die beiden selbsternannten Kommissare allerdings stecken in der Patsche. Seit Tagen überlegen sie, ob sie bekannt machen sollten, was sie herausgefunden haben: Also, Herr Polizist Melder, wir melden Ihnen, dass ... Und Polizist Melder wird sofort wissen wollen, welche Beweise sie für ihre Behauptung vorlegen können. Und sie werden offenbaren müssen, dass sie in Goldis Büro heimlich

geschnüffelt und einen fremden Brief unter Dampf gesetzt und geöffnet haben … Unerlaubterweise … Die allgemeine Aufregung kann man sich leicht ausmalen. Wahrscheinlich stünde am Ende das Ende ihrer Karriere als Kriminalisten.

„Kommt auf keinen Fall in Frage!“ Golo ist dafür, den einmal beschrittenen Weg weiter zu gehen. In der Kriminalwirklichkeit müssen oft auch krumme Wege eingeschlagen werden. Liest man in fast jedem Krimi. Bis am Ende der Leser freudig aufatmet: Ende gut, alles gut. In diesem Fall mit einer wohlbehaltenen Oma Abessinka.

Zunächst aber schwirren im Seniorenheim Gerüchte umher. Zum Beispiel, dass Abessinka einmal von einer Mitbewohnerin gefragt worden sei, ob sie denn wisse, in welchem

Wüstensand der Schatz ihres erschossenen Piraten-Mannes vergraben sei. Sie habe geantwortet: Genau! In einer Oase zwischen drei Palmen. Mehr verrate sie nicht. Eine Zeichnung mit Ortsangabe der Oase sei in ihrem Besitz. Eines Tages werde sie ihn ausgraben. Den Schatz. Die Zeichnung fahre Schritt um Schritt mit ihr. Sie habe dabei mit dem Zeigefinger auf das Gestellrohr ihres Rollators getippt: Hier drin ist sie. Die Zeichnung. Aber sie, die Freundin, habe damals dem tippenden Zeigefinger ihrer reichen Freundin keine Bedeutung beigemessen. Alte Leute tippen ständig mit dem Zeigefinger auf etwas. Nun aber sei ihr ein Licht aufgegangen. Nachdem das Gerücht im Hause umgeht, dass sie aus Afrika einen Brief geschrieben habe. Mit besten Grüßen an Bekannte und Freunde. Dass sie

jeden Tag quietschlebendig im Toten Meer bade. Sie habe den Schatz gefunden und geborgen. Goldene Becher, silberne Helme, Edelsteine noch und nöcher. Und lebe als Scheichin in Addis Abeba. Andere wollen von anderen erfahren haben, dass man Oma Abessinka in Hamburg gesehen habe. An der Kaimauer sitzend. Als Bettlerin. Auch, dass sie gar nicht verschwunden sei. Sondern nachts als sorbische Mittagsfrau auf den Fluren des Heimes herumwandere. Im schneeweißen Gewand. Mit einer Sichel in der Hand. Wer ihr begegne, sei des Lebens nicht sicher. Dass die Mittagsfrau der Wäschefrau gedroht habe, ihr den Hals, also den Kopf, abzuschneiden. Sollte sie anderen von der Begegnung erzählen.

„Alles Quatsch!“, antwortet die Wäschefrau. Golo und Logo haben sie nach den

herumschwirrenden Narrheiten gefragt. Sie setzt ihren Reinigungswagen „Equipe“ in Bewegung. Hält aber auf halbem Weg an. Und winkt die beiden noch einmal zu sich. Und legt den Zeigefinger auf die Lippen. Und wirft noch vorsichtshalber einen prüfenden Blick in den langen Gang hinter sich.
„Also“, sagt sie zischelnd. „Vor ein paar Tagen ist mir zu Hause eingefallen: Mein Gott, hast du im Heim das Flurfenster geschlossen? Ein Gewitter war angesagt. Wenn es reinregnet ... Wir als Reinigungspersonal haben die Aufgabe ... Da hab ich mich auf die Socken ins Heim gemacht. Gerade, als ich die letzte Treppenstufe betrete ...“
Weiter kann sie nicht reden. Jemand steigt die Treppe hinauf. Die Wäschefrau zerrt Golo und Logo in die Besenkammer.

Und zieht den Vorhang zu. Hier zischelt sie noch leiser, als sie auf dem Flur gezischelt hatte. Nämlich, dass sie damals, als sie vor dem nahenden Gewitter das Fenster geschlossen hatte, eine Person gesehen habe. Im aufzuckenden Licht der Blitze. Die Person habe sich vor Oma Abessinkas Tür an deren Rollator zu schaffen gemacht. Mit Schraubenschlüsseln und Schraubenziehern. Verdächtig hektisch. Irgendwie kopflos. Mit Macht habe die Person versucht, die Griffe am Lenker des Rollators abzuziehen. Dass es gequietscht hat. Als wären Mäuse unterwegs. Worauf die Person aufgeschreckt ihre Unternehmung aufgegeben habe. Die Wäschefrau, hinter der Gardine versteckt, habe die Person erkannt.

„Wer wars?“, fragt Logo. Sie zögert mit der Antwort. Jemand eilt an der Besenkammer vorbei.

„Wir müssen es wissen“, drängelt Golo. Und greift nach einem Besen. Als wollte er gleich in den Kampf ziehen.

„Max!“, verrät die Wäschefrau. „Der Hausmeister. Der Boxer. Wie alle Boxer fürchtet er sich vor Mäusen. Und ist abgehauen.“

Sie müssen alle drei wie auf Kommando lachen. Und halten sich blitzschnell den Mund zu. Das Plauzen hinter dem Vorhang der Besenkammer hat jemand gehört. Goldi. Goldgruber Goldi ist auf dem Flur in ihrer Nähe. Er will wissen, was es hinter dem Vorhang zu lachen gibt. Er greift nach dem Sperrtuch. Aber im selben Augenblick klingelt das Flurtelefon an der Wand. Goldi geht hin und nimmt den Hörer ab. Doch niemand meldet sich. Logo im Kabuff schaltet sein Handy aus. Goldi auf dem Flur hängt den Hörer wieder ein.

Und vergisst vor Ärger, dass er in der Besenkammer nachschauen wollte ...

Ab jetzt habens die beiden eilig. Ab jetzt tickt für sie die Uhr schneller. Ab jetzt sind auch kleine Lügen erlaubt. In der Not sowieso. Und Oma Abessinka ist in einer solchen. Es geschehen seltsame Dinge, die vermuten lassen, dass sie nicht – wie absichtlich gemunkelt wird – in Saus und Braus wie eine Scheichin in der äthiopischen Wüste lebt. Sondern in einem Versteck steckt. Von Schurken bewacht und bedroht. Die Motive liegen auf der Hand. In einer solchen Lage kann man den Eltern eine Lüge auftischen. Vorspielen. Ruhigen Gewissens. Zum Beispiel, dass sie Schauspieler geworden sind. In einer Theatertruppe. Die abends im Jugendhaus übt. Das Stück heißt

„Die Mittagsfrau“. Weshalb die beiden Väter und die beiden Mütter, also die vier Eltern, einsehen müssen, dass ihre Söhne an gewissen Tagen, also Abenden, etwas später nach Hause kommen. Kriminalisten können nicht nur bei Tageslicht Halunken jagen. Halunken sind bekanntlich nachtaktive Wesen.
Das zum Seniorenheim umfunktionierte Schloss des Grafen Wackelbart hat ein Nebengebäude. Im ehemaligen Pferdestall stehen nicht mehr Tiere, sondern Fahrzeuge. Hausmeister Max hat sich im einstigen Futterraum eine Werkstatt eingerichtet. Mit Schraubstock, Schrauben, Schraubenziehern, Sägen, Feilen, Schlüsseln vielförmiger Art. Hier kann er schleifen, schweißen, trennen. Im alten Schloss geht viel kaputt. Zum Beispiel Schlösser, die nicht schließen.

Hähne, die tropfen. Mischbatterien, die nicht mischen. Rollatoren, die nicht rollen. Beziehungsweise rollen, aber nicht bremsen. Dass das Fahrzeug mitsamt dem Ruheständler im Graben landet. Der Fahrer im Krankenzimmer des Heims. Das Fahrzeug bei Max in der Werkstatt.
Niemand weiß bis heute genau, ob es ein Zufall war, dass Golo und Logo gerade an jenem Abend an das Fenster der Werkstatt traten, an dem in ihr etwas Außergewöhnliches geschah. Aus der Geschichte der Kriminalistik weiß man allerdings, dass gute Kommissare mit guten Riechern ausgestattet sind. Dass sie den Braten über weite Strecken selbst bei Gegenwind riechen. An dem Spätherbstabend steht der Mond über dem Birkenwald. Sein Licht wirft kleine und große Schatten. Golo und Logo

müssen sich zur Fensterscheibe hinauf recken, um zu sehen, was Hausmeister Max an seiner Werkbank in der Werkstatt treibt. Er treibt etwas, was Funken sprüht. Der grelle Schweif aus glühenden Metallsplittern fliegt unterhalb seines Arms in den Raum. Wie aus einer Silvesterrakete. Der Winkelschleifer – auch Trennjäger genannt – macht einen höllischen Lärm. Max schleift an etwas. Oder er trennt etwas.
Golo und Logo wissen sofort, dass ihr Instrument gegen diesen Lärm wenig ausrichten kann. Das Instrument, das sie mitgebracht haben, ist eine Trillerpfeife. Umgerüstet zu einer Mäusepiepse. Wenn man in sie pustet und dabei mit dem Finger die Öffnung einengt, kommen Mäuse angerannt. In Scharen. Das heißt, es hört sich an, als kämen Mäuse aus allen Löchern angerannt. Zum Sammelplatz.

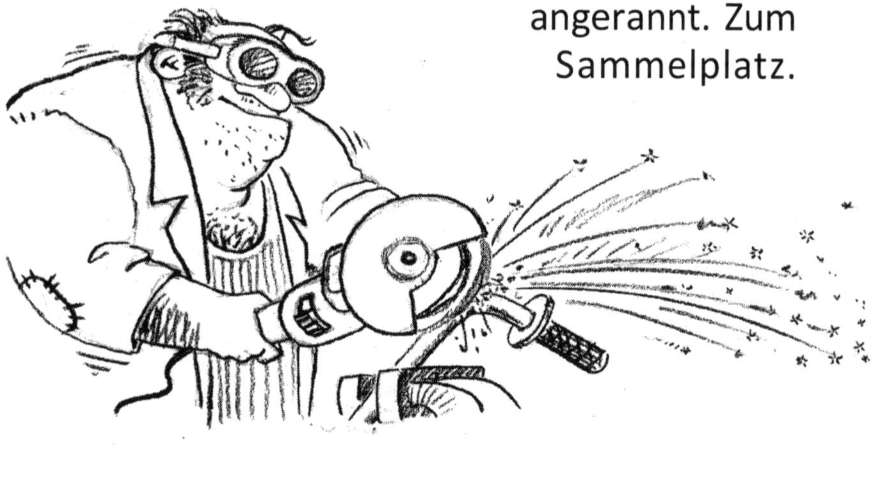

Zur Demonstration. Denen ein mächtiges Pfeifkonzert vorauseilt. Aber gegen Max' funkensprühenden Winkelschleifer wird sich die Mäusepiepse nicht durchsetzen können.
Golo und Logo blasen gemeinsam in ihr Instrument. Doch Max hebt nur kurz den Kopf und sprüht einen neuen Funkenstrahl in den Raum.
„Man müsste eine Luftpumpe haben", zischelt Logo. Beide nehmen blitzschnell ihre Gesichter aus der Fensterscheibe. In der Werkstatt muss Max eine Schleifscheibe wechseln. Draußen unterm Fenster kauern die Kriminalisten im Gras.
Logo sagt ganz leise: „Woher eine Luftpumpe nehmen? Das ist hier die Frage." Er hat nicht bemerkt, dass Golo in der Dunkelheit verschwunden ist. Nach einer Weile ist er schon wieder da. Natürlich mit einer Luftpumpe.

„Von einem Fahrrad im Schuppen“, murmelt Golo. Und lässt der Pumpe gleich mal eine Winzigkeit zusammengepresster Luft entgleiten. Golo und Logo müssen sich in Acht nehmen, um nicht vor Lachen zu platzen. Es hat sich komisch angehört.
Während Hausmeister Max in der Werkstatt mit der neuen Scheibe neue Funken sprüht, halten die beiden draußen vor dem Fenster ihre Mäusepfeife an die Mündung der Luftpumpe. Die erste kleine Maus überhört Max. Die zweite, eine stärkere, wahrscheinlich eine Vorpiepserin, lässt ihn aufhorchen. Aber noch verspürt er keine Angst. Und arbeitet weiter. Dann aber, als sich die Pumpenmäuse vermehren, schaltet er den Winkelschleifer aus. Der ihm zu allem Ärger auch noch aus der Hand rutscht. Und auf den Fuß fällt.

Golo und Logo springen zum nächsten Fenster. Sie mäuseln und säuseln, dass der Luftpumpe die Puste auszugehen droht. Mitunter verschluckt sie sich und gibt manchen mausfremden Seufzer von sich.
Nun zittern Max, dem Boxer, die Knie.
Die Angst, die manche kraftstrotzende Männer vor Mäusen haben, wird Mäusephobie genannt. Gewiefte Detektive nutzen sie, um bärenstarke Schurken zu entlarven. Und deren Opfer gesund ans Licht zu bringen.
Max hebt die Beine. Max tanzt wie ein Rumpelpumpel. Damit die Mäuse, die er nun aus allen Ecken und Löchern der Werkstatt auf sich zu tippeln wähnt, nicht in die Hosenbeine schlüpfen. Und dort am Körper aufwärts …
„Nein!“, schreit er auf. Und flieht
aus der Werkstatt. So,
dass er fast über
Golo und Logo

gestolpert wäre. Hätten sie sich nicht im letzten Augenblick im hohen Gestrüpp der Goldruten versteckt.

Sie betreten die Werkstatt. Und geben acht, dass sie keine Spuren ihrer Inspektion hinterlassen. Der Winkelschleifer bleibt liegen. Das Rohrstück, an dem Max geschliffen hat, bleibt im Schraubstock. Sie erkennen sofort, dass das Ding Teil eines Gestänges ist. Eines Fahrzeugs. Eines Rollators. Der mit Sicherheit Oma Abessinka gehört. Gehört hat. Denn nun ist die fahrbare Stütze zersägt. In hantellange Stücke. Die überall herumliegen. Man sieht auf Anhieb, dass Max den Rollator in immer kürzere Stücke zersägt hat.

„Verstehst du das?“, fragt Golo.

„Du nicht? Ich ja!“, antwortet Logo. „Er sucht nach einer Karte. Zeichnung. Skizze.

Vom Goldschatz in der Wüste. Den Abessinkas Mann, der Oberpirat, irgendwo im heißen äthiopischen Sand vergraben hat. Bevor ihn die englische Kugel und so weiter."
Golo geht ein Licht auf. Er erinnert sich, was die Babuschka leichtsinnig in die Welt gesetzt hatte. Dass nämlich ein Lageplan des Wüstenschatzes ständig mit ihr fahre. Ein Papierröllchen passt in jedes Rahmenrohr des Rollators. Den Max zersägt hat. Ohne eine Skizze gefunden zu haben. Es sei denn, eine solche steckte im letzten Stück. Der silbernen Lenkstange. Die noch im Schraubstock klemmt.
Golo will nach dem Winkelschleifer greifen. Logo hält ihn zurück. Nichts wird!
„Wir sind nicht gekommen, um nach dem Schatz zu suchen." Sondern, um herauszufinden, wo Abessinka geblieben ist.

Sie hören ein Geräusch. Jemand nähert sich der Tür. Max ist zurückgekehrt. Hat seine Mäusephobie überwunden. Oder was?
Golo und Logo verstecken sich im Waschraum. Im Spiegel über dem verschmutzten Waschbecken sehen sie, was sich in der Werkstatt tut. Gute Detektive sind auf alles vorbereitet. Logo flüstert seinem Kollegen ins Ohr: „Was hab ich dir gesagt?“
Max ist nicht zurückgekehrt. Eine andere Person hat den Raum betreten. Goldi. Heimleiter Goldgruber.
Der sich zunächst wundert, dass die Werkstatt verlassen ist. Obwohl alles nach Arbeit aussieht. Als wäre sie noch im Gange. Dann ist ihm klar: Derjenige, der sie ausführt, ist für ein Weilchen verschwunden. Auf die Toilette. Doch Zweifel sind angebracht.

Er ruft: „Hallo, Max!“ Erst verhalten. Dann kräftiger: „Bist du hier?“
Weil aus dem Waschraum niemand antwortet, verschränkt er die Arme. Und lehnt sich an die Werkbank. Und betrachtet das chromblitzende Stück Lenkrad des Rollators im Schraubstock. Und greift nach dem Winkelschleifer auf dem Fußboden. Und lässt ihn aufheulen. Und setzt ihn an die Lenkstange. Das kreischende und Funken sprühende Ding wird Max schon herbeirufen. Im Waschraum tuschelt Golo seinem Kollegen Logo etwas ins Ohr. Er werde von der Leine, an der die Wäscherei die Bettlaken trocknet, zwei der weißen Tücher holen. Logo weiß zunächst nicht, zu welchem Zweck. Doch weil er nicht bedeppert ist, fällt ihm ein, was Golo vorhat. Als Zustimmung streckt er den Daumen nach oben.
„Beeil dich!“

Es vergehen ein paar Minuten, in denen Goldis Ungeduld wächst. Max kann doch nicht weit sein ...
Anstelle von Max steht hinter seinem Rücken plötzlich eine Gestalt. Eine kleine, aber fürchterlich furchterregende Erscheinung. Ein Geschöpf. Ein sagenhaftes Wesen. Ein Angst einflößendes Weib. Eine Frau in Weiß von Kopf bis Fuß. Ein lebendes Bettlaken. An dessen oberem Anfang, oder ist es gar das Ende?, blicken zwei Augen aus fransigen Löchern. Und die Kreatur hält eine Sichel in der Hand. Ausgeholt zum Zuschlagen.
Aus dem wendischen Märchen weiß man, dass Mittagsfrauen, vor allem, wenn sie zu Unzeiten erscheinen, nicht lange fackeln. Ritschratsch!, und aus der Halsschlagader ihrer Opfer spritzt Blut, sollte man nicht in

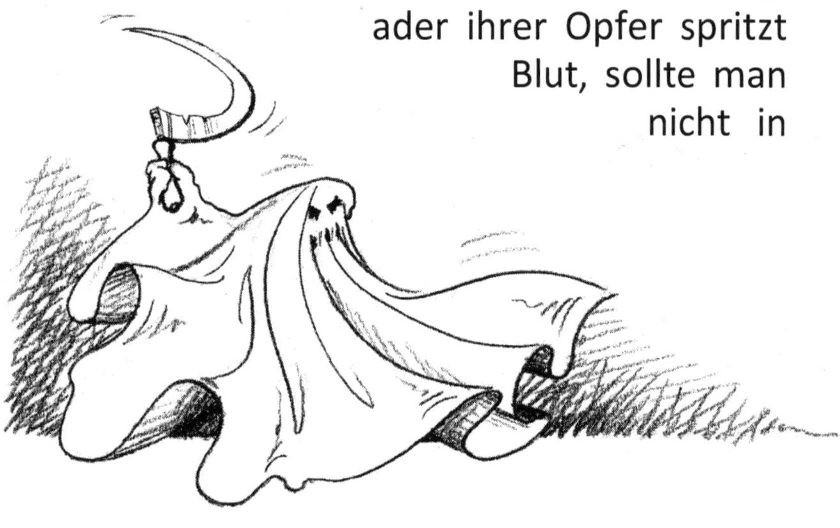

der Lage sein, die Fragen der Mittagsfrau zu beantworten. Goldi ist erschrocken. Der Winkelschleifer fällt ihm aus der Hand. Er dreht sich auf der Werkbank weiter und ritzt mal am Schraubstock, mal an einem abgesägten Stück Rollator. Die Mittagsfrau greift nach dem Kabel und reißt es aus dem Stecker. Das Gerät ruckelt und bleibt stehen. Goldi hat sich erholt. Er lächelt angestrengt.

„Was soll das, Max! Bist du unter die Schauspieler gegangen?"

In dem Augenblick stockt ihm der Atem. Er muss schlucken. Als hätte ihm das Lakenwesen schon seine Sichel an den Hals gelegt. Es ist nicht Max, der hier seine Scherze spielt. Am Waschraumausgang steht eine zweite Mittagsfrau. Deren Sichel steckt auf einem langen Stiel. Sie könnte vom Waschraum aus zuschlagen.

„Wo ist Abessinka?“, fragen beide Mittagsfrauen gleichzeitig. Die eine mit vertiefter Stimmlage. Die andere, schon im Stimmbruch, muss sich nicht anstrengen.
„Schnell! Wo habt ihr sie versteckt?“, ruft die erste und schwingt die Sichel.
„Wir wissen, dass sie nicht in Afrika ist“, fügt die andere hinzu und deutet an, wie weit die Sichelstange reicht.
„Oder habt ihr sie schon umgebracht?“
„Um ihren Schatz in der Wüste zu plündern.“
„Du hast nur noch wenige Minuten Zeit. Wo ist sie?“
„Na gut“, sagt Goldi.
Alles deutet darauf hin, dass er der Forderung der beiden Wesen nachgeben will. Doch plötzlich hält Goldi eine Lötlampe in der Hand. Er dreht sie auf, dass das Gas aus der

Düse zischt. Blitzschnell hat er ein Feuerzeug aus der Tasche gezogen. Die Stichflamme entzündet sich mit einem Knall.
Golo und Logo erschrecken unter ihren Betttüchern. Einmal faucht die heiße Zunge die Golo-Mittagsfrau an, dann wieder die Logo-Mittagsfrau. Sie springen von einer Ecke in die andere. Auseinander und wieder zusammen. Und weichen der Stichflamme aus. Heimleiter Goldi ist nun ein moderner Star-Wars-Kämpfer. Sein Lichtschwert ist unvergleichlich stärker als alle Waffen in allen Märchen. Gleich wird er dem albernen Spuk ein Ende setzen. Wird den beiden sogenannten Mittagsfrauen die Lust nehmen, nach Oma Abessinka zu fragen. Für alle Zeiten. Gleich wird's so weit sein.
Doch plötzlich verlieren die Bewegungen des Lichtschwertes ihre Gefährlichkeit. Zielen in Richtungen,

in denen sich die beiden verkleideten Detektive gar nicht aufhalten. Goldi torkelt wie ein Betrunkener. Er sucht einen Gegenstand, an dem er sich festhalten könnte. Die Flamme der Lötlampe tanzt über seinem Kopf. Goldi stürzt zur Werkbank. Findet am Schraubstock Halt. Fällt vornüber auf den Berg des zersägten Rollators. Die Flamme faucht und schnaubt immer noch. Sie heizt das letzte Stück von Oma Abessinkas Fahrzeug auf. In dem die Täter die Skizze vom vergrabenen Wüstenschatz vermuten. Vermutet haben, muss in dieser Sekunde gesagt werden. Denn der Chrom des Lenkers glänzt nicht mehr silbern. Er glüht rot. Es stinkt in der Werkstatt nach allerhand verglühten Metallen. Und verbranntem Papier. Golo zieht sich blitzschnell die Mittagsfrau vom Kopf. Stürzt zu der

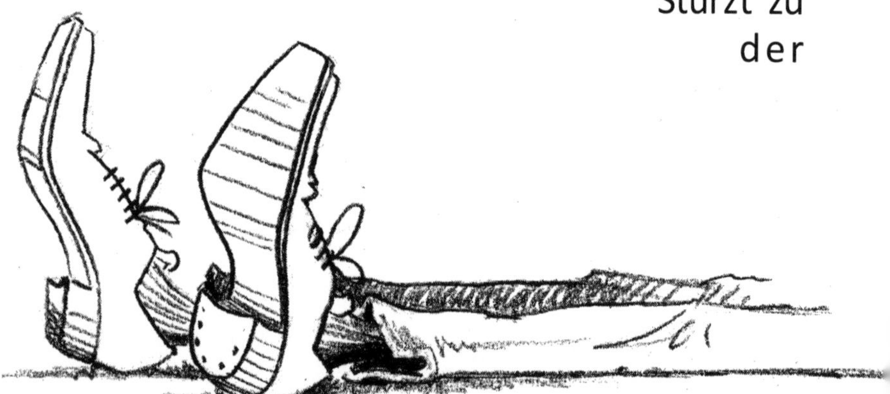

fauchenden Flamme und dreht das Gas ab. Die Flamme erlischt. Klacks! Ruhe.
Nun ist auch Logo wieder Logo. Beide Detektive treten zu dem auf der Werkbank liegenden Goldi. Immer noch ist Vorsicht geboten. Täter spielen oft tote Käfer. Wenn man ihnen helfen will, beißen sie zu. Aber Golo und Logo sehen sofort, dass Goldi keinen toten Käfer spielt. Er atmet schwach. Aus seinem Mund rinnt Speichel. Seine Lippen bewegen sich. Sie versuchen ein Wort zu formen. Es klingt wie „Bank“ oder „Tank“ oder so ...
„Wir müssen ihm helfen“, rät Logo. Schon wählt er die Telefonnummer 112. Doch Golo unterbindet den Notruf, bevor das erste Signal davonfliegen kann. Jemand nähert sich der Werkstatt. Es kann nur Max, der Boxer, sein. Golo und Logo machen

sich aus dem Staub. Sie sehen gerade noch, wie Max zunächst in der Tür stehen bleibt. Sich dann vorsichtigen Schritts dem regungslosen Goldi nähert. Ihn schüttelt. Dann fachkundig – so wie man in diesem Haus ohnmächtigen Menschen Beistand leistet – auf den Armen aus dem Raum trägt.
Nun ist Eile geboten. Ziemliche sogar. Detektiv Golo schlägt vor, das ganze Haus auf den Kopf zu stellen. Das heißt, Winkel um Winkel des alten Schlosses, das nun ein Altersheim ist, zu durchsuchen. Systematisch. Ohne Rücksicht auf Verluste. Der alte Graf Wackelbart soll ein Liebhaber von Nischen gewesen sein. Verstecken, geheimen Örtchen, Unterschlüpfen ... Er werde sich, sagt Golo, im Haus verstecken. Und noch in derselben Nacht auf Wanderschaft gehen. Das alte Gemäuer wie eine

Ratte abschnüffeln. Und Abessinka finden. Darauf könne sich Logo verlassen. Los geht's!
„Stopp!", sagt Logo. „Was hat Goldi genuschelt, bevor Max aufgetaucht ist? Tank, Bank ...! Hat gedacht: Ich sterbe. In Todesangst wollte er sich sein schlechtes Gewissen reinigen. Um in den Himmel zu kommen.

Vielleicht hätte er weiter genuschelt. Und wir hätten das Versteck von seinen Lippen ablesen können. Aber nein! Gerade da taucht Max auf. Immer stört jemand, wenn es um die Wurst geht. Wie im Krimi."
„Scheißegal!", sagt Golo. „Vielleicht hat er Gang genuschelt. Los geht's!"
„Sag das noch einmal!", sagt Logo. „Los, sag es nochmal!"
„Gang!", wiederholt Golo. „Gaaang! Na und?"

Logo beginnt im Kreis zu laufen. Er kreist in Gedanken. Und kreist einen bestimmten Gedanken ein. Und sagt schließlich: „Er hat ‚Gang' gesagt. Und einen Stollen gemeint. Bestimmt hat das Schloss des Grafen Wackelbart einen Geheimgang. Unterirdisch. Vom Hauptgebäude zu … weiß der Teufel wohin. Zu einem Raum, von dem niemand nichts weiß. Weil vergessen. Verstehst du?! Es wäre das erste Schloss des Landes, der ganzen Welt, das keinen Geheimgang hat."
Während Golo Logos logischen Überlegungen nachsinnt und sich ebenfalls einen unterirdischen Stollen zwischen Schloss und Nebenort vorstellt, kommt ihnen zum zweiten Mal der Kommissar Zufall entgegen. Diesmal in Gestalt des alten Worreschk. Der bekanntlich übergroße Ohren hat.

Die jemand frech mit Rhabarberblättern verglichen hat. Er hätte es nicht getan, wenn er diese Geschichte von der verschwundenen Oma Abessinka gekannt hätte.
Worreschk kann nämlich mit seinen ausladenden Ohrmuscheln Schallwellen empfangen, die kein anderer Mensch auf der ganzen Welt hören kann. An den kleinen Suppenlöffeln der üblichen Menschen rauschen sie ungehört vorbei. Worreschk ist von der Natur mit der Fähigkeit ausgestattet, Ultraschallwellen aufzufangen. Zum Beispiel solche, die Fledermäuse aussenden. Deren Echo sie wieder empfangen. Und sich auf diese Weise ein Bild von ihrer Umgebung erhören. Fledermäuse sehen mit den Ohren. Worreschk auch. Alle Flattermäuse, die in der Nähe des Schlosses wohnen, wissen, dass der Mann sie hören kann.

Deshalb sind die kleinen fliegenden Vampire mit ihm befreundet. Gewissermaßen.
„Oma Abessinka ist unter der Erde", sagt Golo aufgeregt, als die beiden Detektive Worreschk auf dem Nachhauseweg begegnen.
„In einem unterirdischen Gang versteckt", berichtigt Logo. „Wir wissen das. Aber wir wissen nicht, wo. Wissen Sie etwas von einem unterirdischen Schlossgang?"
„Ich nicht", antwortet Worreschk. „Aber die Fledermäuse werden es wissen. Fledermäuse hausen in solchen Gewölben."
Die beiden erzählen schnell, was vorgefallen ist. Dass Gefahr im Verzug sei. Oder wie das heißt.
Worreschk wirft einen Rundblick in die Lüfte. Und sagt, dass es noch zu früh sei. Wenn es dämmern werde, wolle er mit Cordula ...

Golo unterbricht ihn. Für Geschichten mit Cordula in abendlicher Dämmerung sei im Augenblick keine Zeit. Doch Worreschk klärt auf. Dass Cordula eine Fledermaus sei. Groß und klug. Gewissermaßen die Chefin der Gruppe „Flattertruppe Wackelbart“. Für sie habe er schon viele Nachtfalter, Mai- und Junikäfer gesammelt. Er und sie könnten sich gemeinsam auf die Suche nach der Oma aufmachen. Cordula werde verstärkte Ultraschallwellen aussenden. Sagen wir im Bereich 70 Kilohertz. Er werde deren Echos empfangen und deuten.
Natürlich wollen Golo und Logo bei der Suchaktion, wie sie die Welt noch nicht erlebt hat, dabei sein.
Endlich ist der Abend gekommen. Die ersten Fledermäuse schwirren durch die Lüfte. Sofort ist erkennbar, dass sie Worreschk

und seine beiden Begleiter grüßen. Mit ein paar Lufttänzen. Rauf geflattert und runter gewirbelt. Dass zu hören ist, wie die Flügel die Luft zerschneiden.
Auch Cordula ist aufgetaucht. Eine schöne rundlich knuddelige Flatter. Sie fliegt langsamer. Bedächtiger. Mit Bremseinlagen. Manchmal schimmert ihr Körper im Mondlicht bläulich auf. Logo und Golo haben nicht bemerkt, dass ihr Worreschk einen Wink gegeben hat. Sie ist auf seinem Kopf gelandet. Und startet schon wieder. Logo und Golo werden nie erfahren, ob sie mit einem Auftrag Worreschks davondüst. Nicht sehr wahrscheinlich zwar ...
Aber alle drei folgen ihr. Als wären sie im Bann ihrer ausgesendeten Schallwellen. Cordula fliegt Kreise. Manchmal ist sie verschwunden. Dann taucht sie wieder auf.

Zunächst durchqueren sie den nahen Birkenwald. Steigen über Farne und Brennnesseln. Und lassen sich feldabwärts fallen. Weit unten im Tal blinken winzige Lichter des Nachbardorfes. Die Gruppe bleibt stehen. Cordula fliegt immer kleiner werdende Kreise. Dass es schließlich aussieht, als stünde sie in der Luft wie eine Lerche.
Worreschk hat den Kopf gesenkt. In Gedanken versunken macht er sich ein Bild aus Echos, die von Cordulas gesendeten Ultraschallwellen stammen. Er echolotet, ortet, bestimmt, pusselt. Worreschk spitzt die übergroßen Ohren. Dreht die Muscheln rechts, links. Und hat sich ein Bild erhört.
„Da!“, sagt er und weist über die Schulter hinter sich. Dort ist zunächst nur der mächtige moosbewachsene Stein

zu sehen. Der größte, den die Gletscher der Eiszeit im Geröll hierher geschoben hatten. Den Findling kennen Golo und Logo zur Genüge.
Oder doch nicht gut genug? Denn über dem Stein kreist nun Cordula. Manchmal ist sie ein dunkler Fleck im Gesicht des Mondes. Dann huscht sie aus ihm heraus. Und ist verschwunden.

„Wo ist sie geblieben?“, fragt Logo. Er schaltet die Lampen-App seines Handys ein. Auch Golos grelles Licht aus gleicher Quelle gesellt sich hinzu. Die beiden Lichtstreifen tasten nach der Fledermaus am Himmel, im Moos des Steins, an Worreschks Kopf.
„Ausschalten!“, sagt er. „Spart Energie! Ihr werdet sie noch brauchen.“
Logo befolgt die Bitte des Alten.

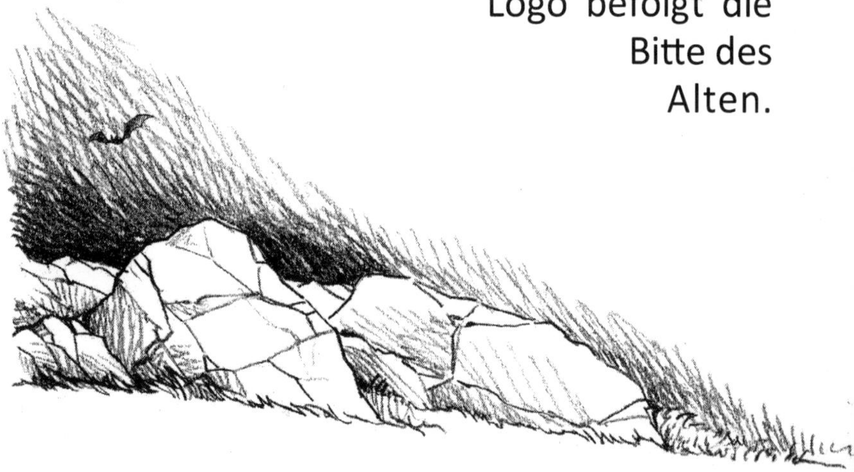

Golo lässt sich Zeit. Warum soll er gerade jetzt die Lampe ausschalten? Der Alte greift nach Golos Handy. Und richtet den Schein auf eine Stelle oberhalb des gewaltigen Findlings.
„Dort ist der Eingang“, sagt Worreschk. „Cordula ist drin. Und sendet in immer kürzeren Abständen. Los!“
Das bedeutet: Sie müssen auf der moosigen Oberfläche des Steins zum Stolleneingang hinauf robben, kriechen, krauchen. Sie kommen voran. Aber rutschen auf der glitschigen Steinhaut wieder einen halben, ganzen Meter abwärts. Und versuchen es von Neuem. Golo zieht Logo an der Hand hinter sich her. Und die beiden zerren an Worreschks Ärmeln. Der auf halber Strecke in schweren Atemnöten sagt, sie sollen ihn loslassen.
Er habe seine Schuldigkeit getan.

Golo und Logo hören mehr als sie sehen, wie der Körper des alten Mannes bergab fährt. Und unten in den Farnen landet.
„Macht`s gut!“, ist von dort zu hören.
Zigmal waren die beiden über den Moränehaufen geklettert, aber niemals war ihnen in den Sinn gekommen, dass hier ein Höhleneingang sein könnte. Sie lassen das Handylicht tasten und fühlen, in die Ferne schweifen, in der Nähe nachschauen. Bis ihnen auffällt, wie eine Fledermaus in einem Spalt zwischen dem mächtigen, soeben bezwungenen Findling und einem kürbisgroßen Block verschwindet. Und eine zweite. Eine dritte will hinterher. Aber sie erschrickt vor dem Lampenlicht. Überschlägt sich in der Luft und sucht das Weite.
Der kürbisgroße Stein ist moosfrei. Griffig. Und irgendwie wacklig in seiner Lage.

Logo fragt Golo, ob er sich einen Reim darauf machen könne. Golo antwortet, dass es ihm schnurzpiepegal sei, warum ein Teil der Moräne wippt.
Aber nicht Logo.
Der überlegt: „Wenn der hier zig Tausende Jahre gelegen hätte, wäre er moosig wie die anderen. Und festgelegen. Ich behaupte: Der Kürbis-Findling ist kein Findling."
„Sondern eine Öffnung", hat nun auch Golo begriffen. „Zugang und Ausgang. Von hier aus erreicht man das Schloss."
„Und umgekehrt vom Schloss die Moräne."
Sie versuchen sofort, den Brummer aus seiner Lage zu bringen. Auszuwippen aus der Delle. Der Spalt verbreitert sich zwar. Aber im entscheidenden Augenblick fällt der Stein in seine ausgelegene Position zurück.

Aufgeben? Und bei Tageslicht mit Stange und Seil ... Und noch ein paar zusätzlichen Helfern ...?
„Kommt nicht in Frage!“ Golo schnappt nach Luft.
Er hat einen Stock in der Hand. Logo bricht sich einen trockenen Ast von der Kiefer, die sich über die Moräne neigt. Nun soll sich zeigen, was Hebel bewirken können. Mit Hilfe derer schon die Urmenschen ...
Bereits beim ersten Versuch hebt sich der ausgehebelte Koloss aus der Mulde. Überschlägt sich und rollt mit dumpfem Gepolter über den Findling abwärts.
Golo und Logo lassen die Handys aufblitzen. Die Strahlen schießen in die Öffnung und machen sofort eine Leiter sichtbar.
Einen steilen Abgang. Zunächst reicht das Lampenlicht nicht aus, um die

Tiefe des Abgrunds abzuschätzen. Golo setzt den Fuß auf die erste Sprosse. Unter den Sohlen löst sich blättriger Rost. Logo folgt ihm. Ihre Hände sind nach wenigen Griffen braun und glitschig. Je tiefer sie steigen, umso feuchter wird die Umgebung. Und kühler. Enger. Unheimlicher. Über ihren Köpfen hängen Fledermäuse an speckglänzenden Felswänden. Kopfüber. Zunächst einzeln. Unbeweglich wie aus der Familie Ausgestoßene. Dann in Gruppen. In denen sich immer eine von ihnen streckt und reckt und die Flügelhäute spannt.
Dann wird das Ende der Leiter sichtbar. Unter ihr der sandige Boden, der trocken zu sein scheint.
Logo bleibt auf der vorletzten Sprosse stehen. Weiter will er nicht gehen. Vielleicht morgen. Rom ist auch nicht an einem

Tag erbaut worden. Und Addis Abeba auch nicht. Verstehst du, Golo!
„Versteh ich nicht. Weiter!“
Sie haben die Sohle des Tunnels erreicht. Der Gang führt zunächst einige Meter geradeaus. Aber die beiden Lichtkegel – dort, wo sie sich kreuzen – stoßen auf eine Abbiegung. Von da ab wird es vermutlich wieder ein paar Meter geradeaus gehen. Dann wieder ... Weiß der Teufel.
„Wir müssen Energie sparen“, sagt Logo. Seine Stimme versagt während der letzten Silbe. Endlich teilt auch Golo die Sorgen seines Kumpels. Und schaltet das Handy aus. Zunächst wollen sie Logos Apparat bis zum Sparmodus leeren. Dann seins. Spätestens bis dahin ... muss ... die ... Aktion ...
Beide stolpern gleichzeitig über ein Hindernis.

Eine Schienenschwelle. Die schmale Gleisspur verschlängelt sich irgendwo in der Ferne, die ihr Handy nicht mehr ausleuchten kann. Gleich nach der halbwendigen Biegung stoßen sie – fast wären sie gegen den Kipphebel gerannt – auf ein Fahrzeug.

„Eine Draisine!“, sagt Golo. Es ist eine verkleinerte, sparsame Ausführung des Gleisfahrzeugs. Aus schwachen Stäben und schmächtigen Kurbeln. Man sieht der Nuckelpinne an, dass ihre vier Räder schon lange nicht mehr über Schienen gerollt sind.

„Ein Taxi!“, sagt Golo.

Sie springen auf das Fahrzeug. Auf das Schienenfahrrad. Nun werden beider Hände für den Kipphebel gebraucht. Und deren Muskelkraft, die auf die Triebwelle zu übertragen ist. Aber Logo kann nur die Stärke

einer Hand zur Verfügung stellen. Mit der anderen muss er das Licht des Handys dirigieren. Die Draisine setzt sich langsam in Bewegung. Aber zunächst in falscher Richtung. Bis die beiden Hebelnden nach mehreren Versuchen den toten Punkt der Welle überlistet haben. Und in Fahrt kommen. Mit jedem Stoß schneller. Das Gleisfahrrad summt. Vierstimmig. Also vierrädrig. Anfangs krächzend, dann auf gerader Strecke wie in einem Gesangston. Bis …
Bis Golo vor Schmerz aufschreit. Er spürt den Griff des Kipphebels in der Magengrube. Logo hat ohne Vorwarnung den Bremshebel gezogen. Dass die Draisine quietschend stehen bleibt.
„Was machst du?“ Golo verzerrt das Gesicht. „Hörst du nicht?“, fragt Logo und spitzt die Ohren. Wenn er doch nur solche wie Worreschk hätte.

Nun vergisst auch Golo den Schmerz. Aus der Weite der unterirdischen Röhre dringt bis zu ihnen leiser Gesang. Einer Frau. Das traurige Lied wird von den Wänden gebrochen. Dass es gestückelt zu ihnen dringt.
„Guten Abend, Mütterlein ... Wo ist nur dein Töchterlein ... dueidu ... tralala ...“ Und so was.
„Abessinka! Das ist sie“, sagt Golo.
Sie legen sich ins Zeug. Die Draisine rollt an, kommt in Fahrt. Logo schickt das Licht voran. Irgendwo dort, wo es nur noch als matter Rest die Strecke sichtbar macht, deutet sich eine Abbiegung an. Sie müssen die Geschwindigkeit drosseln. Ein vorausgeschicktes Signal wäre gut. Das Tuten einer Lokomotive: Achtung, wir kommen! Aber Schienenfahrräder haben nicht einmal Klingeln. In dem Augenblick,
in dem sie nach rechts
abschwenken,
erlischt

Logos Handylicht, so dass sie ein, zwei Meter in völliger Dunkelheit fahren. Dann blitzt Golos Lampe auf. Der Schein trifft auf ein Gitter. Eine Sperre. Das aus fingerdicken Stäben gebaute Hindernis ist rechts und links an den Tunnelwänden befestigt.
Sie halten an. Und treten langsam an die Barrikade. Und leuchten in den dahinter liegenden Raum. Eine Kammer. Einen Bunker.
Golos Handystrahl schießt zunächst ins Leere. In der Luft tanzen Staubkörnchen.
Dann ... Dann erblicken sie ein Bündel. An die Wand gelehnt. Das Bündel bewegt sich leicht. Schlimmer: Es singt. Das Lied vom Mütterlein und Töchterlein ... dueidu ... tralala. Nur, dass es jetzt wie ein kraftloser Abgesang klingt.

„Oma Abessinka!“, rufen sie.
Einmal Golo, dann Logo.
Dann gemeinsam.

Aber an der kauernden Oma ist keine Regung mehr zu sehen. Sie ist eingeschlafen. Oder sie ist ...
Die Gitterwand hat eine Tür. Sie rütteln an ihr. Greifen durch die Stäbe. Natürlich hat das Schloss auch von innen keinen Schlüssel. Sie schauen sich nach einer Stange um. Mit der sich die Tür aus den Angeln hebeln ließe. Sie finden keine. Golo ertastet lediglich ein Stückchen Draht. Das er gleich wieder von sich wirft.
Wie ein Fuchs auf eine Maus stürzt sich Logo auf das weggeworfene Drahtende. Und steckt ein, zwei Zentimeter des Stahls in eine Felsfuge. Um sie zum Haken abzukrümmen. Wortlos basteln sie an einem Dietrich. Einem Ersatzschlüssel. Doch das Material ist widerspenstig. Logos Finger blutet. Der Draht hat nun doch eine Nase. Im Schlüsselloch aber schnüffelt er wirkungslos herum.

Logo schlägt vor, mit der letzten Energie ihres Telefons Vater, Mutter, die Polizei und ... anzurufen. Aber er unterbricht sich selbst. Wissend, dass kein Signal die dicke Erdschicht über ihnen durchdringen würde.
„Jetzt!“, sagt Golo. Die Tür öffnet sich. Der selbstgebaute Schlüssel hat doch noch den Riegel des Schlosses erwischt.
Sie hasten in die Dunkelheit. Der Lampenstrahl hat Mühe, auf der hockenden Oma zu bleiben. Golo berührt sie an der Schulter. Sie neigt sich ein paar Zentimeter zur Seite. Und droht umzukippen. Sie halten sie fest.
„Oma Abessinka!“
„Wir sind`s!“
Sie hebt den Kopf leicht an. Und murmelt etwas. Dass man über sieben Wüsten wandern müsse. In der siebenten sei der

Schatz an einer sieben Meter hohen Palme vergraben. Lauter Gold. Und Silber ... und ...
Sie öffnet die Augen. Und versucht sich aufzurichten. Die beiden greifen ihr unter die Arme.
Sie wehrt sich. „Lasst mich los! Verbrecher!"
„Nein, Oma! Wach auf! Wir sind`s. Golo und Logo. Deine Freunde. Wir haben dich gefunden."
„Golo und Logo? Mich gefunden?"
Langsam begreift sie, was vor sich geht. „Ach so, klar! Ihr habt schon mal was von mir gefunden. Das Gebiss. Das mit den zwei wertvollen Zähnen.
Nun habt ihr die ganze Oma gefunden. Was für ein schöner Traum! Jungs, ich hab geträumt, dass ihr mich retten werdet! Wenn nicht ihr, dann niemand."
So ist es! Golo und Logo müssen ihr immer wieder bestätigen, dass es kein

Traum ist. Dass sie auf einer Draisine sitzt. Hundertprozentig! Und aus ihrem unterirdischen Kerker gefahren wird. Dem Tageslicht entgegen. Auch wenns schon später Abend ist. Jupeidi und jupeida! In der Nähe der Moräne, wo der Ausgang ist, werden sie mit dem letzten Saft des Telefons zu Hause anrufen. Oder gleich die Polizei. Auf keinen Fall das Heim.
Logo und Golo erfahren, wie Goldi und Max sie erpressen wollten. Wegen des Wüstenschatzes. Vielleicht hatten sie vorgehabt, als Millionäre aus Addis Abeba anzurufen, dass in dem unterirdischen Gang zwischen Schloss und Weiß-der-Teufel-was eine alte Frau sitzt. Dass man sie nun freilassen könne. Falls sie noch atme. Und Logo fragt, warum sie denn in einer so bedrohlichen Lage den Lageplan des Schatzes nicht herausgerückt habe.

Scheiß auf das Gold, wenn`s an den Kragen geht.
„Es gibt keinen“, antwortet Oma Abessinka.
Golo hat aufgehört den Kipphebel zu drücken.
„Es gibt keinen Schatz?“ Die Draisine verlangsamt sich.
„Nein!“, sagt Abessinka. „Hab ich nur so gesagt. Vor der Einweisung. Als sie mich ausgefragt haben. Was ich denn besitze. An Hab und Gut. Gespartem. Und so. Damit ich reinkomme. Ins schöne Schloss. Weil man Reiche lieber nimmt als Arme.“
Golo und Logo müssen lachen. Was zusätzliche Kräfte in Anspruch nimmt. Und noch zusätzlichere, als ihnen Abessinka erzählt, dass ihr Mann zwar Pirat gewesen, aber arm wie eine Kirchenmaus gestorben ist.
Dann bleibt das Schienenfahrzeug stehen. Die beiden halten sich den Bauch.

Sie erfahren, dass die Oma in ihrem unterirdischen Gefängnis ganz gut gelebt habe. Durch ein Belüftungsrohr sei in das Verlies Tageslicht und Frischluft gedrungen.

Und bei ihren Spaziergängen habe sie eine geheime Speisekammer entdeckt. Mit Wein und Käse. Alles französisch. Die sich der alte Graf Wackelbart als eiserne Reserve angelegt habe. Für den Fall, dass er in Kriegszeiten aus seinem Schloss durch den Geheimgang fliehen müsste. Vor russischen oder amerikanischen Soldaten.

Musste er aber nicht. Ob sich Logo und Golo vorstellen könnten, wie wunderbar uralter französischer Wein und Käse schmeckten! Sie sei an manchen Tagen ganz schön betütelt gewesen. Guten Abend, Mütterlein, wo ist nur dein Töchterlein ...

Dann haben sie die Moräne erreicht. Die Energie des Handys ist verbraucht. Vom Felseingang fällt neues Licht herein. Stimmengewirr ist zu hören.
Als erste betritt Oma Abessinka die Leiter. Logo und Golo schieben sie von hinten. Stufe um Stufe. An den Fledermauskolonien vorbei. Hände strecken sich ihnen entgegen. Und ein heller blauer Lichtstrahl flackert auf, verschwindet und flackert auf. Und eine Lautsprecherstimme – sie gehört dem Polizisten Alfons Melder – verkündet: „Bitte verlassen Sie unverzüglich den Findling! Und machen Sie Platz für Oma Abessinka und ihre Retter Logo und Golo!“

Jurij Koch

- Staatspreis "Jakub Bart-Cišinski" (1979)
- Carl-Blechen-Preis der Stadt Cottbus (1983)
- Literaturpreis Umwelt des Landes NRW (1992)
- Lesepeter der AJuM Deutschland (2014)
- Mitglied des deutschen und internationalen PEN

Thomas Leibe

- zeichnete im Auftrag des Eulenspiegel,
- arbeitete mit Helge Schneider zusammen
- arbeitet freiberuflich als Pressegrafiker und Journalist.
- Mitglied im Friedrich-Bödecker-Kreis Sachsen-Anhalt
- Lesepeter der AJuM Deutschland (2014)

Pirates Bay
KASSALA
R.I.P.